Grandma Shalom
Abuela Shalom

Fulton Books
Meadville, PA

Published by Fulton Books 2024

ISBN 979-8-88731-373-3 (paperback)
ISBN 979-8-88731-374-0 (digital)

Printed in the United States of America

Grandma Shalom
Abuela Shalom

Erika Avalos

"I am here, Grandma!" I shout with joy as soon as I walk into her house. The first sound I hear is the sweet voice coming from Grandma Shalom's bedroom, welcoming me in her special way, "Shalom." Her real name is not Grandma Shalom, but that is what I call her because every time she greets a person, she does it in her unique way by saying "Shalom." I ask her what *shalom* means. My grandmother explains to me that *shalom* is a salutation meaning peace, and she says we should always wish everyone peace. I have fond memories of my grandma, like this one, from when I was little.

—¡Ya estoy aquí, abuela! —le grito con alegría tan pronto entro a su casa.

El primer sonido que escucho es su dulce voz que viene de la recámara de mi Abuela "Shalom" dándome la bienvenida a su manera, "Shalom". Su nombre verdadero no es Abuela Shalom, pero me gusta llamarla así porque cada vez que ella saluda a alguien lo hace en su manera única diciendo "Shalom". Le pregunto qué significa Shalom y me explica que es un saludo de paz y que todos deberíamos desear la paz el uno al otro. Tengo muchos recuerdos —como este— de mi niñez con mi abuela.

Grandma Shalom is an amazing person because she makes me feel very special. Every time I go to her house, she has a big smile that looks like a crescent moon shining on her face. Her smile radiates not only to the room but also to the deepest core of my heart. And every time I visit Grandma Shalom, I anticipate her warm and cozy bear hugs. When she embraces me, I know I am loved and do not want her to let me go.

Mi Abuela Shalom es una persona increíble porque me hace sentir muy especial. Cada vez que voy a su casa, me recibe con una gran sonrisa que parece una luna creciente y relumbrante en su cara. Su sonrisa irradia no solo la habitación sino también lo más profundo de mi corazón. Y cada vez que visito a mi abuela, puedo sentir anticipadamente su abrazo de oso cálido y acogedor. Al sentirlo, sé que ella me ama y no quiero que me suelte.

I may have fun times with my siblings and friends, but every time I know I will visit Grandma Shalom, I look forward to the excitement and thrill I will have with her. My grandma plays with me anything I want. One day I wanted to play doctor, and she immediately laid down pretending to be sick. Just like doctors do, I took her temperature and gave her a shot in her arm. "Ouch!" she exclaimed with a pretended pain and cry. Then both of us burst out in laughter. Even though I do not get to spend a lot of time with Grandma Shalom, playing with her were the best days of my life.

Quizá puedo tener momentos divertidos con mis hermanos y amigos; pero cada vez que voy a visitar a mi Abuela Shalom espero con ansia los momentos de diversión y alborozo que voy a pasar con ella. Mi abuela juega conmigo a lo que yo quiera. Un día yo quería jugar a un doctor. Ella se recostó inmediatamente y pretendió estar enferma. Así como lo hacen los doctores, le tomé la temperatura y le puse una inyección en su brazo. "¡Ouch!", se quejó ella y simuló dolor y llanto. Luego los dos comenzamos a reírnos a reír. A pesar de que no paso mucho tiempo con mi Abuela Shalom, los días que pasamos juntos divirtiéndonos y jugando es el mejor tiempo de mi vida.

Grandma Shalom is a superstoryteller, and I love listening to her childhood memories every time I visit her. On one occasion, she told me about the town where she was born, the chores she used to do around the house, and her dad. I was so immersed in her story that I had the sensation that I was there with her. She was born in Janos, a little town in Chihuahua, Mexico. She grew up and lived there. My grandma's family lived on a small ranch and had farm animals. Both her mother and herself used to get up with the crowing of the roster to feed the animals. When she told me this, I could hear her saying "Shalom" to the animals. My grandma's eyes shine with a special glow when she talks about her dad.

Mi Abuela Shalom es una gran cuentacuentos y me encanta escuchar memorias de su niñez cada vez que la visito. En una ocasión me contó sobre el pueblito donde ella nació y creció, los quehaceres que solía hacer en casa y acerca de su papá. Yo estaba realmente inmersa en su narración que me sentí como si estuviera ahí con ella. Mi abuela nació en Janos, un pueblito en el estado de Chihuahua en México. Ella nació y creció ahí. La familia de mi abuela vivía en un rancho y tenían animales del campo. Ella y su mamá solían levantarse con el canto del gallo para alimentar a los animales. Cuando me contó esto, la podía escuchar diciéndoles a los animales "Shalom". Los ojos de mi abuela brillan de una manera especial cuando habla de su papá. Ella lo amaba y admiraba mucho porque era todo un vaquero.

She loved and admired him because he was a real vaquero. What Grandma Shalom remembers very vividly about her dad are the times she spent by the gate waiting for her vaquero to return from work in the early evenings before sundown. She knew when he was coming because she could hear the galloping of the horse.

Algo que ella recuerda vívidamente de él es el tiempo que ella se pasaba cerca del portón de entrada esperando por su vaquero cuando volvía de su trabajo cada tarde antes de meterse el sol. Ella sabía que él ya venía de regreso porque escuchaba el galope del caballo.

Grandma Shalom says that although she misses her hometown, she is happy we live in the United States now. Since her memories are with her forever, she says, she is waiting to pass them on to her great-grandchildren someday, just like she does with me.

Mi Abuela Shalom dice que aunque extraña su pueblo natal, ella es feliz viviendo en los Estados Unidos ahora. Ya que sus recuerdos están con ella por siempre, dice ella, solo espera pasárselos a sus bisnietos algún día, como lo hace conmigo ahora.

    A fond memory of Grandma Shalom is our time in the church. Grandma Shalom sits in the back because she cannot walk very well. Sometimes I do not say hi to her since I sit in the front with my parents. Well, one Sunday, Grandma arrived late to church; and through the corner of my eye, I saw her walking in and sitting down. I really wanted to hug her and say hi, so I snuck away and crawled under the pews to see Grandma Shalom. She started laughing when she saw me crawling under the benches so I could go and be with her. When I finally reached the last row where she was sitting, I stood up and gave her a big hug. She giggled as she hugged me and whispered in my ear, "Shalom." Also, I liked to sit next to Grandma Shalom at church because if I got sleepy, she would roll up a sweater and make it into a pillow so I could put my head down and lie down.

Un recuerdo muy querido que tengo sobre mi abuela es el tiempo que pasaba con ella en la iglesia. Mi Abuela Shalom se sentaba en la parte de atrás de la iglesia porque no podía caminar muy bien. Algunas veces no le digo hola porque me siento con mis padres al frente de la iglesia. Un domingo mi abuela llegó tarde al servicio y por el rabillo de mi ojo la vi llegar y sentarse. Deseaba tanto darle un abrazo y decirle hola, así que me escapé y por debajo de las bancas me fui gateando para poder estar con ella. Al ver lo que estaba haciendo para estar con ella, mi abuela se sonrio. Al llegar a la última fila de bancas, me levanté y le di un abrazo bien grande. Ella rio suavemente, me abrazó y me dijo en un susurro: "Shalom". Además, me gusta sentarme con mi Abuela Shalom en la iglesia porque si me da sueño, ella enrolla un suéter como almohada para que yo ponga mi cabeza y me recueste.

I always wondered why my grandmother never traveled on planes until I found out Grandma Shalom was terrified of planes, just like I am afraid of spiders, so I can understand her very well. She refused to travel in one when we invited her to go on vacation with us. My grandma told me the story of when she was little. She and her mom went to work at a rich rancher's ranch. The owner had my grandma and her mom go to his farm in a small jet. Grandma remembers it was windy as they boarded the small plane that day. When the small jet was in the sky, the turbulence shook and moved the plane so much that she cried all the way to where they were going. This trip left her with a phobia of traveling by plane until now.

Siempre me pregunté por qué a mi abuela no le gustaba viajar en avión hasta que supe que les tenía un pavor terrible a los aviones, tal como yo se lo tengo a las arañas, así que la entiendo perfectamente. Se reúsa a viajar en uno cada vez que la invitamos a ir de vacaciones con la familia. Mi abuela me contó la historia de que cuando era pequeña; ella y su mamá fueron a trabajar a una casa de un ranchero rico.

El ranchero hizo que mi abuela y su mamá fueran en avioneta a su rancho. Mi abuela recuerda que hacía mucho viento ese día que abordaron la avioneta. La turbulencia hacía que el pequeño avión se sacudiera y se tambaleara tanto para un lado y otro e hizo que ella llorara durante todo el trayecto hacia donde iban. Este viaje le dejó de por vida a mi abuela una fobia de viajar en avión.

As I grow older, my grandmother's health is failing. One night before going to sleep, my dad entered my bedroom and sat down next to me. He told me how Grandma Shalom had not been doing well lately. That very same night, an angel appeared in my dreams, telling me, "I am happy and peaceful. Always remember what *shalom* means, and you should always wish everyone peace."

The following day, while I was still asleep, my dad knocked at my bedroom door. With tears in his eyes, he explained that Grandma Shalom had become an angel. He added that I would always be able to see and talk to her in my dreams, but I already knew that because Grandma Shalom told me herself. I hugged my dad very tightly because I knew that he was sad. I am sad, too, but I know she will always be with me taking care of me because angels always are.

A medida que crezco, la salud de mi abuela está decreciendo. Una noche antes de dormirme, mi papá entró a mi recámara y se sentó cerca de mí y me dijo que mi abuela Shalom no se había sentido muy bien últimamente. Esa misma noche un ángel apareció en mis sueños y me dijo: "Estoy feliz y en paz, recuerda siempre lo que 'Shalom' significa y tú debes desearle paz a cada quien".

Al día siguiente, cuando aún estaba dormida, mi papá tocó a la puerta de mi recámara. Con sus ojos llenos de lágrimas él me dijo que mi Abuela Shalom era ya un ángel. Él agregó que yo siempre la podría ver y hablar con ella en mis sueños; pero yo ya sabía esto porque mi Abuela Shalom me lo había dicho ella misma. Abracé a mi papá muy fuerte, pues yo sabía que él se sentía muy triste. También yo estoy triste, pero tengo la certeza de que ella siempre estará conmigo cuidándome porque los ángeles siempre lo están.

Now I don't have to wait to go and visit Grandma Shalom and have fun with her; all I have to do is close my eyes, and the fun begins.

As I grew older and out of curiosity, I decided to look for the meaning of the name of the town Janos where my grandma was born. It amazed me to learn that it means "gift from God." That is what Grandma Shalom was for me.

Ahora ya no tengo que esperar para visitar a mi Abuela Shalom y divertirme con ella. Todo lo que tengo que hacer es cerrar mis ojos y... la diversión comienza.

A medida que crecía y por curiosidad, decidí investigar el significado de Janos, el nombre del pueblo donde nació mi abuela. Me asombré al darme cuenta lo que significa; "Regalo de Dios". Y eso es lo que mi Abuela Shalom es para mí.

About the Author

Erika Avalos had only dreamed of writing and publishing a children's book for many years. With this book, she was allowed to talk about a special person who came in and impacted her life.

Erika was born and raised in Texas, where she currently lives in. She works in education, her passion for the past twenty years. She has three exceptional children and a beautiful granddaughter.